LA GAÑANÍA

Joaquín Dicenta

CAPÍTULO I

Es la noche; noche marceña de ventisca que empuja por la atmósfera partículas de la nieve acaperuzada sobre los cabezos serranos. El viento gruñe entre los matorrales. Son gruñidos amenazadores los suyos, como de alimaña salvaje pronta al mordisco y al garrazo. La deshelada hízose torrente, y baja, revolviendo espumas, por las peñas. Romeros y cantuesos llenan el espacio de fragancias. El chaparro se yergue en la obscuridad con atlética rechonchez; la encina abre a las tinieblas sus brazos; en ellos lucen como joyería topaciesca los ojos de los búhos. Lejos aúlla el lobo las canciones de su hambre. Los mastines respóndenlas con su ladrido, escarbando la tierra y sacudiendo las carlancas.

Pájaros de la noche aletean brujescamente bajo el cielo que las nubes entoldan. Abrense éstas de raro en raro, para descubrir cachos azules claveteados con estrellas. A las veces se oye un golpe sordo; ecos suyos vibran por la negrura: es piedra, desprendida de lo alto, que busca fondo en los abismos. Otras veces suena algo así como un quejido: rama es que se desgajó en el amoroso robledal.

Al abrigo de unos peñotes se alzan los chozos pastoriles, afachados con piedras y encubertados con recia trabazón de ramaje.

Los gañanes duermen dentro de ellos, sobre incurtidas pieles, haciendo de los zurrones cabezal y de las mantas cobertura. A su alcance, pronta contra el embite de las fieras -sean ellas hombres o lobos- está la cayada, endurecida al fuego, hecha lanza por el regatón.

Los apriscos se tienden cerca de los chozos. En torno a ellos van y vienen los canes, venteando el tufo del lobo con sus narizotas de par en par abiertas.

Cubeto, el decano de la hueste perruna, vela junto al chozo del rabadán. Con el hocico sobre las patas delanteras y las pupilas rayeantes, preside la centinela de los otros mastines. Inmóvil está. Cuando el lobo aúlla en los cabezos, un estremecimiento sacude su piel, pero su quietud no se altera. Aúlla lejos el lobo, y Cubeto no es amigo de perder su tiempo en bravatas.

Si el lobo anduviera cerca del rebaño; si bajara de los cabezos al logro de una presa, ningún mastín aventajaría a Cubeto en afrontarse con el robador. Probado lo tiene. Ejecutorias de heroísmo son las cicatrices que le tatúan; cédula de combate reciente, el desgarrón, aun sanguinolento, que mal encubre su carlanca.

Allí se agarró el lobo. Precisa fue toda la potencia muscular del mastín para sacudírselo. Volteando cayó con la remordida carne en los dientes. Antes de incorporarse tenía las manos del mastín en el pecho, y sentía el cruce de los colmillos en la gola. Luego un zamarrazo, uno solo, y un ladrón menos en la sierra.

Bravo animal Cubeto. Como a pedazo suyo quiérelo el rabadán. Se llevan y comprenden a maravilla. El refunfuño del amo y el gruñido del perro pertenecen a un mismo idioma...

Rey en la tribu de gañanes es el anciano Roque; aquel pedazo de la sierra, donde las criaturas del llano llegan pocas veces, indisputado feudo suyo.

Allí vive Roque; allí pasa horas de soledad escuchando el canto de las aves, el monótono correr de las fuentes, los murmullos del aire al quebrarse contra las ramas, el balar melancólico del ganado... las mil voces ásperas y tristes de la sierra.

La aurora encuéntrale despierto, el crepúsculo de la tarde a punto de dormir. Calor y frío tocan, sin penetrarlo, su cutis; una canción de salvaje ritmo brota a las veces por su boca. Sus ojos sólo destellan alegrías cuando el gañán en turno vuelve de la aldea con la provisión quincenal de panes o con los salarios de la grey.

No tiene mujer, ni hijos, ni familia. Amigos, uno: el perro, que le ayuda a comer los mendrugos y a defenderse de los lobos.

Roque ve a su amo cuando éste sube a la montaña. Sólo si el amo le habla, cruza la palabra con él.

Durante el esquileo, mientras ganaderos y marchantes platican, échase a un lado y los contempla de reojo.

Cuando toma asiento en las rocas y se confunden con las rocas las entonaciones pardas de su traje, y con el traje las morenas entonaciones de su cutis, estatua es tallada en piedra viva. La misma estatua, puesta en movimiento, cuando embraza el cayado y echa a andar, animando a sus ovejas con un ¡Ohé!... y a su mastín con un silbido.

Los otros pastores le respetan como si fuese un dios. Juzga sus diferencias, cura sus males, aconseja a los vivos y reza la oración de los muertos.

Nadie mejor que él conoce los atajos de la serranía, la hondura de los despeñaderos, los misterios verdes de los bosques y la leyenda alba de las cumbres.

Como ninguno, sabe en qué tomillar han de ponerse los lazos aprisionadores de conejos y cuál sendero de perdices es más a propósito para la colocación de las perchas. Donde sus manos dejen cepo, quebrárase el lobo las patas. Donde el pico suyo haga trampa, caerá por seguro la zorra.

Lleva en la memoria los nombres de todo el herbazal montañés, y es mago en aplicar las virtudes suyas al remedio de enfermedades y accidentes. También entiende de sus daños.

Tal planta, estrujada contra dos piedras y mezclada a yesca reardida, sana el mordisco de la víbora y el uñazo del alacrán; tal otra se exprime, y su jugo es milagro contra la tarántula. Las raíces de ésta se cuecen para matar la calentura; las hojas de aquélla dan narcótico, a cuyos efectos no hay insomnio que resista y dolor que perdure.

Háilas que matan, y él las sabe encontrar; háilas que enloquecen, y también las encontrarla entre mil. Nunca pastarán sus ganados en los altos, donde las hierbas mortíferas arraigan.

Observa los ponientes del sol, y advierte a los pastores con breves profecías, siempre realizadas:

«Mañana soplará ventisca y arrancará nieve a los cabezos. No acercarse a ellos, que es de cierto el alud.»

«Puesta de sol roja, vendaval en las cumbres. Huidlas.»

« La luna marca su creciente con cerco. Lluvia habrá de largo. Mal hará quien se aventure por las torrenteras.»

Así habla el rabadán, en sentencias, casi en versículos, como un patriarca de la Biblia. Como sus deudos a los bíblicos patriarcas, escuchan a su rabadán los hombres de la gañanía. Es la palabra suya mandato que se cumple sin réplica.

Hace años, muchos años -él propio ha perdido la cuenta- no baja al llano el rabadán. Al decir suyo, «no más bajará mientras viva.»

Si alguien le pregunta por qué, encoge los hombros, aprieta los puños, y una ancha arruga vertical se marca como camino de odio en la división de sus cejales.

En el interior del chozo duerme esta noche Roque con la manta rebozada en los hombros y las blancas greñas caídas sobre su semblante cetrino.

Un amistoso ladrido le despierta. Alzase, y se pone de un brinco en la explanada. Cubeto salta meneando la cola frente a un asno cargado y un hombre vestido a usanza gañanesca.

El hombre es Juanillo, que vuelve de la aldea con el avío quincenal para los gañanes.

-¡Hola, Juan! -dice Roque-. A tiempo llegan las hogazas para cortar las migas. Ya se nos amanece.

Y el viejo señala hacia el fondo del horizonte, donde una franja violeta pregona el advenimiento del sol.

CAPÍTULO II

-¿Hay cosas nuevas por el llano? -pregunta el rabadán al recién llegado, en tanto burbujea el aceite en la enorme sartén y saltan sobre la espuma los torreznos.

-Háilas -responde el mozo. Y calla y pone en tierra los mirares.

Las migas caen dentro de la sartén; el cucharón de boj, manejado por el rabadán, las revuelve; olor de ajos y grasa tostada sube al aire con el humo de los sarmientos.

Los perros avanzan, relamiéndose los hocicos. Las reses dejan sus encierros en vocinglera confusión; los gañanes se aproximan hacia la lumbre restregándose los ojos y bostezando a plena boca.

Hombres rudos, al igual de las alimañas serranas componen tu vivir.

Los dedos son peines de sus greñas; el agua caída de las nubes su único lavatorio. Sus uñas córneas tienen la dureza necesaria para atravesar la piel del lobo; sus pies forman callo, donde no entran púas montaraces; las abarcas de cuero les defienden contra mordeduras de reptil; el ballestaje de sus piernas les permite saltar abismos; el vigor de sus brazos y el acierto de su puntería, sustituir la escopeta por la honda, que amarrada a las fajas traen.

Apiñados junto a la sartén ven cocerse las migas. Los perros devoran las piltrafas de una res enferma, muerta y desollada para la cena del retorno.

La res cuelga, abierta en canal, de una encina.

Descabezada, sin pellejo, con los remos traseros presos a una soga y los delanteros caídos al largo de la degolladura, parece humano ser, víctima de un asesinato, que se bambolea a los golpes del aire.

-¿Cosas nuevas dijiste? Cuéntalas, Juanillo -exclama el rabadán, apartando las migas de sobre los sarmientos.

-No traigo humor pa contárselas al despacio -replica el mozo, sin alzar la vista.

-Será la hambre quien te quita el humor -dice el rabadán-. Listo y asentarse, que ya las migas se cocieron.

Los pastores forman círculo a la sartén. Cada cual saca de entre su faja la cuchara de palo. Húndense todas las cucharas a un tiempo en la pasta aceitosa, y el almuerzo de la gañanía comienza.

-¿No te sientas? -pregunta Roque al traedor de las provisiones.

-Tampoco me corre prisa la hambre -responde el gañán.

Hace una pausa; traga la saliva con esfuerzo, y añade:

-La Malvarrosa se espareció del llano.

-¿Dejó a Baldomero?

-Echóla él.

Los ojos del gañán se levantan de sobre la tierra y se enderezan rencorosos en dirección de la llanura. Da espaldas a los almorzadores y sube por angosto desfiladero, que conduce a un picacho bajo cuya sombra asiéntase la gañanía.

Desde él se abarca todo el llano. Las aldeas brillan al lejos como montoncillos de cal. El sol matutino, que se quiebra en esputos sanguinolentos contra las rocas de la altura, se vuelca sobre los valles en espléndida lluvia de oro.

Juanillo mira y remira tristemente.

Aquel montoncillo de cal, el más grande de todos, es el lugarón, el pueblo donde vivía Malvarrosa. Mala serrana fue, dejando por el valle las cumbres.

Dejó las cumbres para seguir a Baldomero, al rico y gallardo tratante, al que deslumbra a los hombres con su oro y a las mujeres con su parla.

Baldomero se llevó a Malvarrosa.

Se la llevó aprovechando las ausencias del padre, un entre bandido y cazador que andaba siempre a hurto de la guardia civil.

De ello se valió Baldomero para alzarse con Malvarrosa. Cuando el Ronco hizo vuelta a su nido, iban dos meses de la fuga.

Escupió un terno, apretó las llaves de su carabina y habló estas palabras:

-Anda con Dios, mala raposa. Y cuídate con el tornar. Si tornas, de bala rodarás por el tajo a lo hondo.

No más dijo. Ni a mentarla volvió siquiera.

Juanillo presenció la huida. Pero ¿cómo evitarla? ¿Qué significaran para Malvarrosa las amenazas o los ruegos de Juan el feo, de Juan el bruto, el de la cara chata y las piernas garrosas? Hubiérase reído de él, con risas de desdén, con las que reía siempre que le encontraba.

Huyó con Baldomero. Entregóse al querer del rico buen mozo la que nunca apreció los quereres del gañán mal fachado. Huyó, y toda la montaña se hizo soledad para él.

Aun le restaba una alegría. Ver a Malvarrosa cuando iba al llano por las provisiones de la gente. Una palabra, una burla de ella, le valían para entretener la quincena.

Mientras ve uno a la mujer querida, hay una esperanza: la de que viéndonos y sabiendo nuestro sufrir se mueva ella a piedad.

Éste era el creer de Juanillo. Por su virtud hacía fiesta, en sus viajes al llano, del rato que pasaba junto a Malvarrosa. Verla lo significaba todo para él. ¿Qué iba a ser de él, no viéndola, desde aquel día en adelante?

Ya no bajaría al lugarón contando los minutos; ya no rondaría los tapiales del huerto donde Malvarrosa, a seguida de levantarse, hacía su visita primera; ya no llegaría al postigo abierto por las manos de ella, a entregarle el pan de manteca envuelto en hojas verdes y a recibir en pleno rostro el «¡Hola, bruto...!» con que le saludaba invariablemente.

Aquello había concluido.

Malvarrosa no estaba ya en el lugarón. No estaba tampoco en ninguna aldea del llano. Ignoraban su paradero.

Juan supo únicamente que Baldomero la echó de casa a puntapiés la misma noche en que él bajaba por la sierra, puesta la esperanza en el «¡Hola, bruto!» de costumbre.

También sabía que en los viajes sucesivos iba a faltarle aquel saludo.

¡No verla!... ¡No volver a verla en jamás!...

En cuclillas, al pie del «Tajo de la encina», con la barba en los puños y los párpados lagrimeantes, contemplaba el sitio donde vio por vez primera a Malvarrosa, recién llegado al monte, cuando todavía era zagal.

Ocurrió el encuentro en un amanecer de la primavera.

Trepaba el zagal monte arriba apacentando sus corderos, cuando, al revolver de unas rocas, viose frente a una meseta donde había una entre choza y casa.

Hecha estaba con barro, piedras y ramas encordadas de encina. Una puertecilla y una ventana servíanla de ventilador.

Junto a la casa existía un corral que transformaba el firmamento en cobertizo. Por las paredes del corral subía una parra. Los rayos del sol se cernían entre sus hojas, salpicadas con menudísimos agraces.

Bordeaba la meseta una espantable cortadura. «Tajo de la encina» se nombra.

En su fondo, sobre rocas puntiagudas, saltan las espumas del río.

Media docena de cabras pacían entre los temerosos riscos. Una de ellas, inclinándose hacia la cortadura, casi suspendida en el aire, miraba a Juanillo con sus ojos tristones.

Al pie de los riscos asentaba un huerto, sembrado de lechugas y coles; una higuera, un macizo de clavellinas y un plantel rústico de malvarrosas.

Estaban las últimas en flor. Habíalas de todos matices: encarnadas, amarillas, blancas, té, rosa pálido... Sus vivas entonaciones contrastaban con el uniforme verde-gris del paisaje. Y por si tan bello contraste no fuera suficiente a la sorpresa del zagal, se entreabrieron las malvarrosas y asomó por entre ellas un rostro femenil de quince años.

Surgida así, aparecida así, repentinamente, ante los ojos del zagal, hubo de ser aquella muchacha para éste algo sobrehumano, fantástico: en aquel momento, entre las malvarrosas, parecía la mujer-flor, la hija espléndida de la montaña.

Y la montaña, madre vanidosa, había derramado sobre su criatura el rico tesoro de sus galas.

Dio a su cutis moreno los tonos broncíneos de las rocas que la recubren; a su espesa cabellera rubia, el oro de las desconchaduras heridas por el sol; a sus ojos, el color de los retoños encinescos; a sus dientes, los pétalos de las margaritas; a sus labios, los de las amapolas; a su talle, la flexibilidad de las lianas; a su conjunto, a su expresión, algo que, reflejando el espíritu de la montaña, resultaba como ella propia: airoso y fuerte, atrayente-y terrible a la vez.

Esto fue la muchacha para el zagal en su aparecer imprevisto: la visión de la sierra, la piedra hecha carne por la potencia vivificadora del sol.

Aquella visión mostrósele rápidamente en los espacios de un segundo; llenó este segundo con la música de su risa, y se desvaneció súbita tras el tapiz multicolor de las malvarrosas.

El pastorcillo creyó que se le había aparecido. «Nuestra Señora de las Cumbres.»

Así lo juraba, contando su aventura cuando regresó a la gañanía.

-¡Era la Virgen!... ¡Era la Virgen!... -repetía el zagal.

-¡Calla, bruto! -contestó uno de los gañanes- ¡Qué va a ser la Virgen! Es Malvarrosa, la muchacha del Ronco.

CAPÍTULO III

Desde aquel aparecimiento, fue Malvarrosa devoción suprema de Juanillo.

Estuvieran donde estuviesen los pastos de las ovejas suyas, siempre, al ir o al volver, hallaba ocasión de pasar junto a la casuca del Ronco y enfrontarse con la muchacha.

Ella reía de él, aceptando su compañía para mandarle como a esclavo. Él, hurgaba todos los rincones de la sierra para traerle presentes.

Tan pronto eran ellos flores que sólo arraigan el borde de los abismos y que los serranos llaman «flor de muerte», como pájaros-nieve, que no más anidan en las blancuras de las cumbres. Cierta vez trajo viva un águila real. Seguro cantazo de su honda la volteó cuando abría las alas para remontarse a las nubes.

Sangraban las manos del muchacho, que el trajín hasta vencer al animal de rapiña fue recio. Malvarrosa no reparó en la sangre. No hizo más que reír, viendo la cólera impotente del águila. Otras veces constituían la ofrenda gazapos, y pollos de perdiz. Un obscurecer llevóla un cordero recién nacido. ¡Brava tunda del rabadán le valió aquél obsequio!

Con agasajos y servidumbres por la parte de él, con burlas y despotismos por la de ella, pasaron lentamente los años, hasta que un día volvióse el acatamiento del zagal pasión de hombre, y se volvieron las burlas de la niña desdenes de mujer. Fue ello la noche de San Juan, en la velada de las hogueras, al esparcimiento quemador de sus llamas.

Mozos y mozas de las inmediaciones subieron a la gañanía, por hallarse ésta en sitio muy alto, primero entre los del contorno para dominar todos los fuegos en seis leguas a la redonda.

Subieron a la hora que junta el día con la noche, en procesión alegre, presidida por rústicas endechas de amor: las mozas, coronadas de flores y cintas; los mozos, con flores y cintas en las alas de los sombreros y en los remates de las pértigas.

Los mozos cantaban a coro, mientras subían por los riscos:

> *Coronaíta de cintas,*
> *coronaíta de flores,*
> *va la noche de San Juan*
> *la reina de mis amores.*

Ésta era la canción de los mozos.

Las mozas contestaban:

> *Nochecita de San Juan,*
> *nochecita placentera*
> *para encender mis amores*
> *con la lumbre de la hoguera.*

Los gañanes, batiendo unos contra otros sus bastones ferrados, daban réplica al mocerío:

> *Quédate en el llano;*
> *no subas, cordera,*
> *mira que anda el lobo*
> *rondando la sierra;*
> *y quizás que subas*
> *y quizás no vuelvas.*

Así cantaban los pastores.

Con las mozas venía Malvarrosa.

Para engalanar cabellera y garganta cortó las clavellinas de su huerto; con malvarrosas bordó su falda; un ramo de jazmines nevaba sobre su corpiño.

Juanillo la contempló de lejos, abriendo los ojos y la boca, asombrado. Antojósele que por vez primera la veía. Era que el capullo de humana malvarrosa entrevisto por el zagal años antes cerca del «Tajo de la encina», se había ido abriendo poco a poco, sin que lo advirtiera él, para ofrecérsele en flor de voluptuosidad aquel anochecer de Junio.

Comenzaron los preparativos de la fiesta. En la explanada iban y venían los mozos hacinando hojas secas, ramas de tomillo y romero. Por minutos aumentaba el montón. Servían de acicate a los hacinadores el zaque rebosante de vino y las miradas de las hembras.

Resplandores lechosos, prólogo de la inmediata oscuridad, cubrieron el espacio. Algunos astros brillaron en la atmósfera limpia con resplandores indecisos. La llanura se desvaneció bajo una bruma gris; los montes de la lejanía fueron difuminándose, perdiéndose en las cenizas del crepúsculo. Mozos y mozas dejaron de cantar. Estaban recoletos, inmóviles, puestos los oídos al silencio.

Éste se rompió a golpe de campanas volteadas con lentitud en el monasterio remoto. «¡La oración!» gritaron cincuenta voces a la par. Malvarrosa pasó por cerca de Juanillo, revivando una tea.

Una columna de humo, tenue y blanca al principio, densa y cenizosa después, ascendió por los aires. Entre el humo saltaron cinco o seis chispas rojas; luego culebreó un hilo de lumbre; al fin brotaron las llamas en desanudado haz. Estaba encendida la hoguera.

Fue la primera en la extensión que abarcaba la vista. Un heraldo de fuego, anunciando a montes y llanuras la noche pagana de San Juan.

Como si aguardaran el aviso de la gañanía para realizar su presentación, comenzaron a destacarse en el horizonte puntos luminosos. Primero uno, otro luego, a seguida otro, otro más allá, pronto centenares que temblaban en los rincones de la sierra, en la falda de las vertientes, en el lindero de los bosques, en las márgenes de los ríos y arroyos...

Con fulgor de estrellas lucían. Por obra suya se hizo la tierra cielo, dando a las pupilas el espectáculo de mirar dos cielos a la vez: uno arriba, con astros diamantinos, que chispeaban sobre fondos azules; otro abajo, con astros purpúreos que llameaban sobre fondos negros.

Entre los dos cielos se abocetaba con bermejas entonaciones el grupo moceril de serranos. Formando circulo a la lumbre giraban silenciosos, en rueda voluptuosa, con lento y señoril compás. Los movimientos de la rueda fueron acelerándose, hasta convertirse en carrera desenfrenada.

Rompióse el círculo; las mozas se agruparon en un espacio donde la sombra se confundía con el resplandor de la hoguera. Al lado opuesto formaron los mozos y, tomando impulso, saltaron por entre las llamas.

Las mozas animaban cada salto con un cantar.

Amor es fuego.
Quien no se atreva
a saltar por las llamas
que no me quiera.

No tardaron mozos y mozas en dar juntos, cogidos por la cintura, el salto. Algunas parejas se perdieron en las sombras del peñascal. Ruido de besos mentían las llamas al arder; besos mentía el aire cálido de Junio, metiéndose por los matojos; lámpara nupcial acabaron por volverse las llamas agonizantes entre las cenizas del rescoldo.

Entonces se acercó Juanillo a Malvarrosa. Llegó hasta ella arrastrándose, en guisa de animal que va hacia su dueño, temiendo la repulsa. Avanzó apoyándose en las rodillas y en los codos. Cuando estuvo junto a ella pronunció su nombre. Hizo una pausa; y con voz muy baja, muy trémula, donde temblaba el miedo, llevó a oídos de Malvarrosa la plegaria tímida de su amor.

De momento ella no respondió. No hizo más que apartar ruda, fieramente con el pie, al gañán qué ponía las puntas de los dedos en los remates de su falda.

Siguió al silencio una risa insultante, despreciadora. Miróle de hito en hito, y encajando los dientes, mordiendo las frases, poniendo en cada una de ellas un puñal, las fue clavando de esta forma en el corazón de Juanillo:

«Pero, ¿es de veras eso?... ¿Has imaginao tú que yo!... ¡Arre allá, esventurao! ¿Por haberte yo premitío que te acerques a mí y que me parles a diario supusiste cosa mayor?... Loco estás, Juanillo. ¿Nunca te miraste en los cristales de un arroyo? Fijo es que no. A mirarte, no vinieras presumiendo quereres. ¡Aparta, bruto, feo más que lobo!... Bien va por amigos. ¡Quererte con un otro querer...! No parió para ti mi madre.»

Altiva, orgullosa, volvió al mozo la espalda y se reunió con las otras mujeres.

El gañán no se rebeló. Tembloroso como había llegado hasta ella, subió por el desfiladero y cayó sollozando en las orillas del abismo.

Desde allí siguió el llamear de las hogueras. Poco a poco fueron extinguiéndose, hasta dejar la tierra en sombra. Desde allí oyó el tumulto causado al partir por los visitadores de la gañanía; el eco de sus cantares, mientras bajaban por la sierra...

Los cantares se fueron apagando, apagando... Juanillo miró al cielo. Como las hogueras, iban los astros de allá arriba extinguiéndose poco a poco, uno a uno...

Blancuras dulces se transparentaron hacia los orientes del día. Una estrella, una sola, brillaba aún: el lucero del alba.

Bajo él, coronada por él como por una diadema de brillantes, creyó ver Juanillo la cabeza de Malvarrosa, sonriendo desdeñosamente, tendida sobre el azul su cabellera de oro.

De un salto estuvo en pie. Sus manos se dirigieron a la altura.

¡Imposible coger la estrella! ¡Imposible conseguir los amores de Malvarrosa! Eran cosa del cielo.

El gañán se tiró de bruces contra la tierra y hundió en ella la cara.

Un sol de sangre cabeceó en las cresterías serranas. Un aguilucho, con las alas tendidas y el pico abierto, se dejó caer sobre una alondra que ascendía del valle.

CAPÍTULO IV

-¿No bajas, Juanillo?... ¡Tu zagal partióse ya con las ovejas! -gritó el rabadán desde la explanada.

-¡Allá voy! -respondió Juanillo.

Antes de marchar dirigió una última ojeada al casuco del Ronco.

En ruinas andaban sus tapias; secas las verduras del huerto, marchito el plantel de las malvarrosas.

De los dueños no quedaba ninguno. La hija se fue tras los galanteos de un hombre. El padre huyó perseguido por los civiles. Huyó a los altos de la sierra, donde huyen acosados los lobos, donde no trepan los mastines.

En pasto de lobos concluyeron las cabras que antes pacían la meseta. Ruinosos andaban casa y huerto. Algún alud se encargaría de enterrarlos.

-¿Te dormiste a la vera del tajo? -preguntó al mozo el rabadán.

-Poco me faltó.

-Cuida con dormirte ahí. La meseta hace cuesta pa el derrumbaero. Dormío, dormío, se pué llegar al fondo. No tardes en sentarte, que aun están calientes las migas.

Sentóse junto a la sartén. Temblaba la cuchara en su mano; sus ojos miraban con fijeza estúpida hacia el fondo del horizonte.

-¿Qué traes del lugarón? -preguntóle paternalmente el rabadán.

-Ya lo ha visto. Los panes y la provisión de costumbre.

-No es mi habla por ese traer. Por el traer hablo que traes drento de ti.

-Al llegar se lo dije. La Malvarrosa no está en el lugarón. Tós inoran ande para. Cierto es que no la veré en jamás de nunca.

-Ya, ya...

-A osté que sabe tó lo mío, no hay que platicale pa que entienda cuál y qué malo es el traer que traigo aquí drento. Tal me llena, que las migas no me pasan por el gañote.

-¡Sí, es un duelo pa ti!

-Ya ve. ¡Ni aun hablala a los quince días!..

-¿Cómo fue echala Baldomero?

-Paice... A lo que m'han dicho sucedió...

Y la historia del abandono fue saliendo por boca de Juanillo en párrafos cortos, en períodos confusos, reticentes, adoloridos con la entonación del que narraba.

A los seis meses de convivir estaba Baldomero harto de la moza. Ella dio en los celos. Él en no poderlos aguantar. Rebelóse ella un día, ante un desprecio del amante, y se fue a él con las uñas en ristre.

Baldomero se había apeado del caballo. Un potro loco y recelón que sólo su dueño podía, a duras penas, manejar. Al sentir las manos de ella cerca de su carne, la cogió por el pelo, la hizo caer de espaldas en tierra y corrió la espuela por su cara, gritando:

-¡Anda, cabra del monte! ¡Vuelve al monte y no aportes más por aquí!

Baldomero cerró la puerta de su casa. Ella se alzó sangrando. Nadie la acorrió. ¡Quién la iba a acorrer, sabiendo que la dejaba el amo de la aldea!... Con los puños cerrados amenazó a la vivienda inhospitalaria. Salió corriendo, corriendo, aumentando con los rasgonazos de sus uñas la sangre que le teñía el rostro.

-¡Ah, perros del llano! -gruñó sordamente el rabadán, escuchando la historia-. Malos son siempre allí. ¡Pobres los hombres de la sierra si bajan a los hombres del llano confiándose en ellos!... Los conozco. Porque los conozco no bajo. ¡No bajes tú tampoco, Juanillo!

Un relámpago de odio iluminó las pupilas del rabadán.

Volviendo a su calma habitual, dijo fríamente:

-Yo sabía que Baldomero era un mal sujeto. Un corremujeres. Una vez satisfecho el gusto, las trata como a perro que estorba. Es de familia. El padre suyo era lo propio. Torpe fue la serrana huyéndose con él. Las mujeres son siempre torpes cuando se enamorican. En fin, ella pagó su culpa. A él, en cambio, naide irá a pedirle desquite.

-¡Ah! -murmuró Juanillo- De ser por Baldomero solo, no llevara éste a Malvarrosa. Un guijo puntiagudo en el zurrón de mi honda, y un güen mozo patas arriba. Pero ella s'habría incomodao. Era voluntá suya dirse. ¿Qué le iba a hacer yo, tío Roque? Dejarlos y obedecer el su gusto, de ella. Obeecerlo y a la cuenta bajar hasta el lugarón cá los quince días pa que me dijera: «¡Hola, bruto!...»

-Natural, natural... ¿Qué ibas a hacerle tú? Lo que has hecho ende que la viste. Obeecerla y sufrir sus antojos. ¡Embrujao te trae la serrana, embrujao! Pa mí que dióte a beber la hierba de quita-voluntaes.

Por embrujamiento se explicaba el rústico jefe de la tribu la esclavitud de Juanillo por Malvarrosa desde que ésta se le apareció al pie del «Tajo de la encina.»

A embrujamiento del gañán achacaba lo que, dada la psicología de aquel espíritu rudimentario, fue consecuencia inevitable a la aparición.

Tropezara Juan a Malvarrosa en la forma usual con que a otras mujeres tropezó, y dominio alguno hubiese tenido la muchacha sobre él.

A placerle, andando los tiempos, de varón a hembra cortejárala. Y a resistir ella, a enterarse los deseos en él, la hubiera poseído de cualquier modo; aun, aun por la fuerza, tal que las bestias bravas durante el celo suyo. Criatura de instinto, al instinto encargara la razón última de su empeño.

Con Malvarrosa, no.

Malvarrosa fue, desde su aparición, algo sobrehumano. Juan creyóla «Nuestra Señora de las Cumbres», y aquella idea de la Virgen, de la persona celestial, había persistido en su alma.

De ahí que se detuviera, que se humillara, que se rindiera ante la repulsa.

Puede codiciarse el amor de una criatura del cielo; pero si la criatura dice «No», hay que adorarla silenciosamente, pasivamente, sin aguardar ni solicitar correspondencia.

Esta idea, esta supernaturalidad concedida por el gañán a Malvarrosa, hizo que el amor suyo fuera modificándose, transformándose, hasta ser éxtasis devoto, adoración mística.

En los espíritus de primitiva formación son fáciles tales derivaciones. No es que la bestia se dome. Es que se acobarda y se repliega, para el goce, sobre sí misma. No desaparece: se contrae; como el tigre prepara su salto, escondiendo las garras en los terciopelos de la piel.

Esto le ocurría a Juanillo. A esto llamaba embrujamiento el rabadán.

-Ya sé, ya sé -decía el mozo siguiendo sus quejas- que Malvarrosa no será pa mí nunca. Porque lo sé me he conformao. Al haber una manera, una sola manera dé que ella fuese mía, no me conformara, no se la llevara Baldomero. Sólo que manera no la hay, porque no hay en ella voluntá. Yo me resinaba a verla cá los quince días. Dende hoy, ni eso. ¿Ande habrá dío Malvarrosa?

Juanillo se puso en pie; embrazó la cayada; silbó a su mastín e hizo camino a las alturas verdes, donde rebrincaba el ganado.

El rabadán le vio partir silenciosamente. Luego avanzó, erguido sobre sus piernas secas, volviendo la espalda a la montaña y dando rostro al llano.

Con el ancho capote caído hasta las corvas, las mangas del capote abiertas sobre el brazo desnudo, flotante al aire matutino la destocada cabellera de nieve, era trasunto de aquellos profetas rencorosos que la Biblia consagra.

Sus labios se movían sin voz en el silencio augusto; su mano derecha se tendía hacia la llanura.

A sus pies, Cubeto remangaba el hocico para descubrir el puntiagudo colmillaje.

CAPÍTULO V

Tres meses fueron para Juan de ignorancia absoluta sobre el paradero de Malvarrosa.

Cada vez más triste y huraño, andaba por el monte como un alma en pena. Allá, en las soledades verdes, pasábase horas y horas sin atender al ramonear de sus corderos. Con su cuchillo esculpía sobre cachos de árbol tallas bárbaras. Todas tenían hechura de mujer; recordaban, por su tosquedad, la imaginería primitiva. Apenas hechas, las miraba y las remiraba, como si buscase en sus líneas memorias de alguien. Luego las echaba lejos de sí con un gesto desesperado.

¡Tres meses!... Al principio, gracias a las complacencias del rabadán, bajaba al llano con un pretexto u otro. Inútiles fueron sus preguntas e indagaciones:

«Hízose noche Malvarrosa», decíanle invariablemente.

En dos ocasiones se tropezó con Baldomero. Iba éste a caballo, en el potro loco que sólo él sabía dominar. Caracoleaba la bestia de andaluza progenie, y el buen mozo, columpiándose en la vaquera silla, sonreía. ¿A quién? Por seguro a su propia vanidad satisfecha.

Pasó junto al gañán sin verle. Éste le siguió con los ojos hasta mirarle desaparecer.

La inutilidad de sus pesquisas acabó por hacerle el llano aborrecible. ¿A qué bajar si nadie le daba cuenta de ella, y sólo por ella eran sus ires y venires? Otro gañán se encargaría de las provisiones. Tal vez sin abandonar la montaña, cuando no lo esperara, vendrían, por sortilegio demoniaco o por bondad celeste, las noticias que inútilmente buscó en las poblaciones del valle.

¿Quién sabe si allá, frente al casuco arruinado del Ronco, al pie del «Tajo de la encina» oiría voces de misterio que le guiaran al encuentro de Malvarrosa?

Y allá iba todos los anocheceres del sol, a la hora gris propia de las apariciones. Y allá lo supo; allá oyó la voz indicadora, durante tres meses aguardada.

Fue en la época del esquileo, cuando se llena la gañanía de tijereteros y feriantes. El amo subió por la tarde a realizar el trato de la lana. Con él subieron unos pocos amigos.

Próximo al «Tajo de la encina», a la sombra anchurosa de ésta, dispuso el amo que les sirvieran el yantar.

A los postres, satisfecho el estómago con los manjares, caldeados los sesos con el vino, comenzaron a hablar los hombres de mujeres.

Desfilaron por sus bocas los nombres de todas las traídas y llevadas en aquella provincia, sus trapacerías, sus aventuras y trajines.

Claro que al nombre de las mujeres acompañaban el de sus amantes; y claro que el nombre de Baldomero sonaba en tales acompañamientos con triunfadora asiduidad: una mujer sí y otra lo mismo.

-¡Mira tú -exclamó uno-, que lo que hizo con Malvarrosa!...

En aquel punto llegaba Juan. Era el crepúsculo. La hora de su viaje diario.

Al oír aquel nombre ocultóse tras la espesura de un jaral y escuchó la nueva, minuto a minuto aguardada en el largo espacio de tres meses.

-¡Ah, la Malvarrosa!... Bien hizo en sacudírsela Baldomero; ¡tenía sangre de loba y mala condición! ¡Salvaje como ella!

Ahora estaba hermosa, más hermosa que nunca. El platicador la había visto. En la ciudad paraba. En una casa, vamos, en la casa de la Juanuca, ya sabían todos en cuál, no precisaba dar las señas.

Allí la encontró vestida como una reina de teatro. Y muy cara, naturalmente; como carne fresca y novicia. Por bajo de cinco duros, no había de qué. Ahora que por los cinco duros hallábase al alcance de todos.

Ya podía ser regalo de todos la fantesiosa, que despreció a todos mientras vivió con Baldomero.

Juan no quiso oír más. Arrastrándose por los jarales se alejó sin que notaran su presencia.

La noche entraba cuando el gañán tocó la puerta de su chozo.

Una vez dentro, echó mixtos y prendió luz en un candil. Atrancó la puerta, cerciorándose antes de que ninguno andaba por los alrededores, y fue, sigilosamente, al último rincón del chozo.

Ya en él, sacó de la faja el cuchillo y comenzó a escarbar la tierra. No tardó en abrir hoyo. Sus manos tantearon el hueco y aparecieron sujetando un bolsillo de estambre.

Juan lo abrió y se puso a contar despacio, muy despacio, deteniéndose en cada moneda, la cantidad justa de sus ahorros.

Monedas había de todas las clases corrientes, empezando por una moneda de dos duros.

Duros, pesetas dobles, pesetas sencillas, medias pesetas, piezas en cobre, desde la perra grande al céntimo... Total, veintidós duros y seis reales.

Rayos de alegría despidieron las pupilas de Juan contemplando el tesoro. Metió juntos acero y bolsillo en su faja; recompuso la removida tierra; desatrancó la puerta; salvó en dos saltos la explanada, y tomando el atajo más peligroso, por más breve, hizo rumbo al llano.

Ni aun dijo adiós al rabadán. Ahuyentó de un cantazo a su mastín, que ponía empeño en seguirle, y tiró monte abajo, entre sombras, con el alma llena de luz.

CAPÍTULO VI

Juan nunca estuvo en la ciudad. Como tonto iba por aquellas vías anchurosas, tropezando a cada minuto, él que no tropezó jamás en los vericuetos de la sierra.

Con asombro infantil seguía el ir y venir de la gente, el rodar de los coches, el resbalar de los tranvías, el trepidar de los automóviles, «aquellos carros que se rodaban solos.»

En otra ocasión le desvaneciera el espectáculo; horas y horas pasara disfrutándolo.

Ahora no. Ahora iba a lo suyo, a la idea fija, marcada con una arruga perpendicular entre sus dos cejas.

¿A quién preguntaría? Tuvo unos minutos de duda. ¡A cualquiera! Después de todo, cualquiera le daría razón.

Un mozo que fumaba perezosamente, recostado contra una farola, le inspiró confianza.

-Por un casual, buen hombre: ¿sabe ande está casa la Juanuca? -preguntó el montañés.

-¿La Juanuca?...

-Sí, señor. Soy forastero. Acabo de llegar y me hace falta de enterarme.

-¿Acaba de llegar y ya le corre prisa? No es lerdo el hombre, que digamos. Como saberlo, sí lo sé. Ahora que usté debe venir equivocao. Casa de la Juanuca es mucho postín. A usté le convendría más otro sitio. Pongo por caso, allá en las callejas de la ronda.

-Es cá la Juanuca la que yo necesito.

-Bueno, hombre. Tire por esa calle larga. Vuelva la tercera a la derecha. En el número veintidós.

Y el mozalbete, encogiéndose de hombros, volvió la cabeza y siguió el chupeo del cigarro.

Chocóle mucho la contrapuerta enrejada que se descubría al fondo del zaguán entre rayos de luz. No vio más que una semejante en el lugarón, en la cárcel donde encierran a la gente dañina. Sólo que, tras la reja de la cárcel, no había luz: había lobregueces siniestras. De tiempo en tiempo, el bulto de un hombre recortaba la semisombra, resonando unas llaves.

Junto a la reja iluminada sonaron también llaves, respondiendo al llamamiento del gañán. Una vieja de mal encare asomó tras los hierros.

-¿A quién buscas?

-¿Vive aquí Malvarrosa?

-¿Malvarrosa?... ¡Ah, vamos, tú quieres decir la serrana! Aquí la llamamos Estrella.

-Es lo mismo. ¿Vive aquí Malvarrosa? Si vive, dígale que está Juan el feo, el de la montaña.

-Bien te pusieron el apodo. Pasa, hombre, pasa -gruñó la vieja, abriendo la cancela-. Yo le entraré recao. Tú entra ahí, en el gabinete amarillo.

Y, empujando al gañán, dio luz en el gabinete y cerró la puerta.

No se atrevió a moverse. El lujo trapero, propio a tal género de viviendas, era asombro para el hombre de la montaña.

Seda como la que tapizaba sillas y divanes nunca la miró en casa de persona. Si acaso, algún domingo, cuando iba al lugarón y entraba a la iglesia a punto de la misa. Al estilo de aquellas sedas era la casulla del cura.

Andar quisiera por el aire al fin de no manchar la alfombra con sus pies, hechos al roce de los guijos.

¡Y los cuadros!... ¡Aquellas mujeres que salían por las paredes, sonriéndole, mal tapado el pecho, con sus cabelleras rubias o negras!... Contemplándolas sentía erizársele el vello áspero de la piel.

Luego la cama, con sus encajes blancos y su cobertura de damasco, y sus pabellones que caían desde lo alto del techo, pasando por una corona de metal. Allí dormiría Malvarrosa.

Agazapado en un ángulo del gabinete, temblante, con las pupilas dilatadas, aguardó que viniera.

Al entrar Malvarrosa, las manos del gañán se juntaron. Estuvo a punto de hincarse de rodillas.

Una ancha bata azul caía de sus hombros hasta el remate de sus pies, dejando libres el albo y opulento descote y los brazos redondos. Alzábase en rizos la cabellera rubia sobre la cabeza gentil; una sonrisa desplegaba su boca, y una luz, quemadora de hombres, brillaba en sus ojos azules, agrandados por la pintura.

La carne en venta, pintarrajeada, sahumada, puesta al aire en espoleo de sus licitadores, fue nueva aparición, nueva criatura de ensueño para el salvaje hollador de cumbres.

-¿Tú? -dijo ella-. ¿También te llegó la noticia? ¿Qué buscas? ¿Qué deseas de mí?

Había en su voz la amargura cruel de confesar que Juan el feo, Juan el bruto, el esclavo despreciado por ella en el monte, tenía derecho, como todos en aquella casa, a ser amo, a mandar en señor.

Él no habló. Arrastrándose, apoyándose en las rodillas y en los codos, como la noche de San Juan, llegó a los pies de Malvarrosa, sacó de la faja el bolsillo de estambre y volcó, en la alfombra las monedas.

Volcólas y, agarrándose con las dos manos al borde de la falda azul, hundió en ella el rostro y aspiró en ella el olor de la mancebía.

-¿Fueron a contártelo? -dijo Malvarrosa, tras un largo silencio.

-Supe -respondió él sin alzar la cabeza- que Baldomero te ha esamparao... Supe que te hallabas aquí...

-¿Y vienes?

-Vengo a darte esto. A que seas mía, ya que, según dicen, hay manera de que tú seas mía.

Y Juan, despacio, muy despacio, comenzó a recoger las monedas, que habían rodado por la alfombra.

Ella le miró de hito en hito. Luego dirigió los ojos al techo, tal que si interrogara. Aquellos ojos fueron adquiriendo reflejos lívidos, asesinos; el cutis palideció bajo la pintura; los dientes puntiagudos mordieron el colorete de los labios.

Lenta, fatídica, se puso en pie. Notábase en la crispación de sus puños que las uñas entraban en la carne.

-¡Recoge eso! -gritó a Juan, señalándole las monedas-. ¡Recógelo pronto! ¡Guárdalo, no lo quiero!

-¿No? -repuso el gañán, alzándose a medias y mostrando en su gesto un dolor agudo. ¿No es esta la manera de que tú seas mía? ¿Es que para mí no ha de haber ninguna?

-Una hay. El dinero que traes no me sirve. ¿Quieres que sea tuya?

-¿Preguntas eso, Malvarrosa? Di cuál es la manera.

-Mata a Baldomero y me tendrás, no una vez, todas las veces de tu gusto.

Abrió la puerta, y mirándole terca entre los dos ojos, como si por entre ellos quisiera meter su voluntad en el corazón del pastor, murmuró roncamente:

-Sal. El volver está en ti.

CAPÍTULO VII

-¡Quitate eso de la caeza! ¿No ves que ello es locura?

Era el rabadán quien hablaba. Juan quien oía, con los ojos en tierra y la terca voluntad de no ceder arrugándose sobre su frente.

Viejo y mozo platicaban bajo las sombras de una encina. Anchas las ramas y reprietas las hojas, eran pabellón de frescura en el medio día de Agosto. Los otros pastores andaban por el monte.

Ningún ser humano podía verles ni escucharles; ninguno que llegara, por viandante o por curioso, sorprenderles allí.

Los dos mastines, puestos al toldo de unas matas, tenían al viento las orejas.

Fue en aquella soledad donde contó el mozo al rabadán su entrevista con Malvarrosa, donde le expuso su decisión inquebrantable de concluir con Baldomero.

-¡Pero no ves que ello es locura! -exclamaba el viejo.

-¡Pero no ve que es la manera única de tenerla! ¡Y no ve que habiendo manera de tenerla, yo no renuncio a Malvarrosa! -respondía el gañán.

-Eso sí.

-Sabiendo que hay esa manera, que no habrá otra, porque ella sólo quiere que haya ésa, si fuera tan cobarde yo que no me eterminara, echaríame por un tajo a lo hondo pa no saber que, pudiendo serlo, no había sío ella pa mí.

-¡Tirarse por un tajo!... Mayor locura es entoavía. ¿Matarse uno?... Por ná se debe uno matar. Ya sé que hay hombres que se matan ellos a ellos mismos. Es que los hombres son más bestias que las bestias. ¿Sabes de bestias que se maten? Si la hambre o el celo se lo piden, las bestias no se matan: matan.

-Tal que ellas haré yo. Mataré a Baldomero. Iré en busca suya y le clavaré este cachicuerno hasta el mango. Porque voy a hacerlo; porque naide me quitará de hacerlo se lo he contao a usté, que es pozo pa los secretos nuestros y alivio pa los nuestros penares. Iré en busca suya esta noche. Mañana rematao Baldomero, y mañana con Malvarrosa yo.

-En la cárcel estarás mañana si haces como lo dices. ¿Qué t'afeguras, desgraciao? ¿Que van a dejarte marchar dempués que haigas remordío la presa? Tamién andan por el llano mastines. No suele dírseles el lobo. En la cárcel te meterán. Y de la cárcel a un presillo o a lo alto de un garrote. Piensas que no hay más que matar a un prójimo.

-Pienso que Malvarrosa ha mandao que lo mate; pienso que él ha hecho daño, mucho y mu mal daño a Malvarrosa. Pienso que si le mato, ella será pa mí; y pienso que sin ser ella pa mí, no quieo vivir yo.

-Enantes vivías.

-Vivía porque lo contaba imposible. Sé que pué ser. Dende que lo sé, ya no vivo.

-¡Matar!... ¡Matar!... Claro que matar pué ser de ley algunas veces. Claro que Baldomero es ruin. Claro que en ese tumbamozas del llano, casi, casi que el matar fuera de justicia. ¡Pero matar al descubierto, dando carne a la argolla pa que se atraque de hombre!... Cuando hay ganas de matar se mata de otro mó... Como haber móos, muchos háilos... Mira tú, al padre de Baldomero lo mataron y naide supo quién...

Una sonrisa fría rasgó la boca desdentada del rabadán.

Dando un golpe en el hombro de su interlocutor, añadió:

-De toas suerte, mala faena es. Procura echar de tu caeza el mal pensamiento. Hazte el empeño de no golver a Malvarrosa. Tó está empeñarse en una cosa pa verla conseguía.

Empeñao hasta el alma ando yo en mi idea, tío Roque.

Hubo una pausa larga, muy larga. Los dos hombres miraban al infinito, cada cual por un lado.

Un viento mansurrón agitaba la hojarasca gris de la encina; vahos calientes salían por las hendiduras de las rocas. Sordo sonaba el río en el cauce de la vecina torrentera. Grande era la quietud en la meseta solitaria. Por ella cruzaban alientos misteriosos de oración o de crimen.

-Mañana a la primera hora del sol, han de apartarse los ganaos -dijo el rabadán.

-¿Y eso?

-¿No lo sabes? Cierto que no estabas en la gañanía cuando trajo aviso el peatón. Viene a compra de un centenar de reses.

-¿Quién?

-¿Quién ha de ser? Quien acapara tó el ganao en la sierra pa revenderlo en la ciudá.

-¡Baldomero!...

-A medio día le tendremos aquí. Aquí hará noche pa salir en el día siguiente con los pastores y las reses. Él se anda solo por la sierra como por tierra suya. ¡Así que tié mal caballo!... De manera que dormirá acá, en un chozo cualquiera. Nosotros hemos de dormir en el monte. El cuío del ganao lo manda.

-¡Baldomero!...

-¡Sí, es buen caballo el suyo! Y loco! Apostara que poniéndole; al ser ya noche, en el callejón que va pa el «Tajo de la encina» y azuzándole, tal de loco se iba a poner, que no parara diquiá caer al tajo de caeza. Esos animales tién mucha sangre y se ciegan en cuanto los castigan.

-Verdá.

-¡Maldecío «Tajo de la encina»! Ya te dije una vez que no durmieses a su vera. Cuesta tiene el terreno. El que rodara por allí, mal despertar tendría. ¡Un hombre dormío es tan fácil de caer!...

Tan fácil como caer un caballo loco. Aluego, ¡lo que son aparencias!; si la cosa ocurriera a hombre y a caballo, cá uno por un lao, quizás que dijeran que habían saltao juntos.

Juan continuaba mirando hacia el fondo del horizonte. No parecía oír.

-¡Ea! -bostezó el rabadán, levantándose-. Vete pa el ganao tuyo, que lo traes muy descuidaejo estos días. Yo a mi chozo me voy. He de cocer hierbas dormilonas pa la hija de Ruperto, el de la hondoná, que anda podría de dolores. En tomándolas que las tome, seis horas de sueño no hay demonio que se las quite. Y que mezclao el cocimiento mitá por mitá a una jarra de vino, no se echa de ver. Es del mismo color. Como saber, a ná sabe. A la parte fuera de mi chozo pondrélo a serenar en cuanto sea noche. El sereno aumenta su virtud.

Los dos hombres se separaron.

Los mastines echaron tras sus amos.

Dueñas absolutas del encinar son las voces del aire. Como charloteo de brujas, van por la soledad.

Con ellas cuenta el aire los misterios trágicos de la sierra.

CAPÍTULO VIII

Llegó la noche. Sin estrellas vino, amenazando con nubarrones anchos de tempestad.

Tendidos en tierra, saboreando los manjares últimos de la cena pastora, charlan rabadán y gañanes a breve distancia de sus chozos. Dos teas resinosas enlucen el comedor ocasional. Junto a Roque, en el sitio de honor, platica y bebe Baldomero.

Ni aun descorreó las espuelas.

Con la chaquetilla de hilo abierta sobre el pecho, el marsellés a un lado y el castoreño caído hacia el cogote, da mano postrera a los detalles de su compra.

El potro, enjaezado, libre solamente del freno y sujeto a un árbol por el ronzalillo de reserva, muerde los tallos jóvenes que el rocío ablandece.

-¡Lo mejor del ganao te llevas! -dice el rabadán-. Cierto que ello, Baldomero, es costumbre en ti.

-También me es costumbre pagar más precio que ninguno.

-No te lo niego yo.

El rabadán rompe una nuez entre sus manos, y prosigue:

-De mó, ¿que mañana haces la vuelta al lugarón?

-Así que raye el día. No gusto de perder el tiempo.

-Por mis gañanes no queará el retardo. En pie tendrálos antes de amanecer. Apartás quean las cien cabezas escogías por tí, a media legua de los chozos, en el camino tuyo, en los pastos ande ahora, día y noche, por mor de que el ganao se puea ventear con la fresca de las umbrías, tenemos tós el vivir.

-Corriente. Al paso los recogeré.

-Dormirás en mi chozo. El cielo barrunta chubasco. El aire de la montaña es frío. En un rincón del chozo te preparé cama con un golpe de pieles. No echarás menos los colchones del llano.

Sabes que no soy comodón.

-Siempre lo güeno es güeno. Y al que está hecho a lo güeno se le hace lo malo cuesta arriba. Vamos, si te paice, a dormir, que has de madrugar.

-Aguarda, hombre, aguarda. ¿Es que se ha arrematao el vino?

-El de esta bota diquiá las zurraspas -responde Juan a Baldomero-. Pero aun quea otra en el encinar. A traerla voy y a llenar tu jarra con el primer chorro que escupa el pellejillo. Fresco está el vino como nieve.

Juan alcanza la jarra de junto a Baldomero y se dirige a las encinas.

-Será el último trago -dice alegremente el comprador-. Supongo que vosotros no me dejaréis echarlo solo.

-¡No, siñor! ¡Qué li hemos de ejar! -responden a coro los gañanes.

-Pues ¡hala!... que ahí nos viene la bota!

Juan pone en tierra el jarro perteneciente a Baldomero y deja ir el vino dentro de él. Como, sangre burbujea el líquido al reflejo de las teas humosas.

-¡Ahí va! -exclama Juan, tendiendo el jarro a Baldomero-. A seguía nuestro rabadán, y tós nosotros por turno.

Llénanse los jarros y, a un tiempo, despacio, saboreando el vino, haciendo pausas, beben los comensales.

-¡Listo! -dice el rabadán alzándose de tierra-. Ea, zagal, recoge esos cacharros. Nosotros ande las ovejas; y tú, Baldomero, a mi chozo. Yo te acompañaré.

-Amarrarme largo el caballo -repone Baldomero- para que paste a voluntad y se tumbe cuando le dé la gana. Tú -agrega encarándose con el gañán más inmediato-, tráete la carabina que hay sobre el arzón. Duerme uno mejor sueño teniéndola a su alcance.

-Descuidao puées dormir. Cubeto hará ronda en el chozo. ¡Ea la gente!... -grita el rabadán con imperio-. ¡A los ganaos!

Los pastores van alejándose monte abajo. El rabadán apaga las teas contra el suelo, mientras Baldomero, carabina en diestra, echa un vistazo al potro.

-¡Este condenado! -refunfuña-. No hay más que yo a ponerle piernas encima. Y con tiento, y sin apretarle las espuelas. Apretándole, se va de las manos.

Rabadán y tratante llegan al chozo del primero.

-Buena noche.

-Buena la tengas tú. Cubeto, ¡ahí!... ¡a echarse!...

-Baldomero se entra en el chozo. El rabadán, luego de hacer nueva seña de quietud al mastín, se dirige a una piedra que hay al chozo cercana. Encima de la piedra hay una olla.

Roque se inclina hacia ella y mete por su boca la mano. Al retirarla, sacude los dedos y sigue su camino.

CAPÍTULO IX

Las nubes de tempestad desgarrándose sobre los altos picos, bajando lentamente hacia el llano, que desaparece entre sus cárdenos pabellones. Las estrellas sólo para la sierra brillan, iluminándola con misteriosas claridades.

El silencio de la media noche reina en la explanada. Tendido el potro, duerme bajo una encina. El mastín vigila cerca de él. Va para un rato que sus recortadas orejas tienen el temblor de la escucha. De pronto sorbe el aire, gruñe y avanza con el pelo erizado hacia un bulto de hombre que aparece en el peñascal.

Pastor de la gañanía es de cierto, porque el gruñido de Cubeto vuélvese de amenazador amistoso, cuando se aproxima a él. El hombre le acaricia y el perro echa tras de sus pasos.

Juntos llegan al potro, que se pone en firme al oirlos. El hombre rasca la testa al animal, mete el bocado por sus belfos, le recoge sobre el cuello las riendas y le conduce al desfiladero que enfronta el «Tajo de la encina.»

Es este desfiladero un pasillo enmurado y asolado con rocas. No hay espacio en él para que, una vez dentro, pueda un caballo revolverse. Su desembocadura da sobre el «Tajo de la encina.» De aquélla a éste, dos metros cortos van.

Hombre, potro y mastín entran en el sombrío callejón. El hombre se detiene y saca un objeto de entre los pliegues de la faja.

Yesca es, porque se oye el golpe del hierro contra el pedernal y brotan chispas en la atmósfera. Un círculo ardiente fosforea en los dedos del hombre, que se empina hacia la oreja del caballo y hace caer por su interior el objeto brillante.

Se percibe el estremecimiento de la bestia y se escucha un relincho.

El hombre retrocede con el mastín, a quien sujeta por la carlanca. El potro rebota y golpea rabiosamente la roca con sus cascos ferrados.

-¡Jo! ¡Jo!... ¡Muerde, Cubeto! -exclama el hombre, dando suelta al mastín.

Muerde el perro los corvejones del caballo, y éste rompe por el desfiladero en tendido galope.

Vertiginosa es la carrera. Los cascos del animal herido levantan en las rocas, en aquellas rocas donde toda huella se pierde, relámpagos de luz. Desbocado va, loco de dolor y de furia...

Cuando aparece en la desembocadura del callejón, las claridades inciertas de la noche dibujan su contorno. Es visión rápida, momentánea. Se ven sus ijares temblantes, su boca recubierta de espuma, sus ojos saltando en las órbitas con llameos febriles. Aquellos ojos miran la boca negra del abismo. No hay tiempo de hacer firme. El vértigo de la carrera impulsa al animal... La cabeza se vuelve hacia atrás con angustia. Se le ve llegar a los bordes del tajo, hacer un esfuerzo supremo, perder pie, oscilar un segundo en el aire y caer pataleando por aquel boquete sin fin.

Hombre y perro llegan corriendo frente a la cortadura. El hombre pone los oídos en ella. El mastín resopla, absorbiendo con sus anchas narices el vaho que sube del abismo.

Se oye el desgarramiento de carnes vivas en los salientes de las rocas... El crujir de músculos que se distienden para encontrar agarradero... Después el golpe sordo de algo que se espachurra.

-¡La pobre bestia!... -suspira el hombre retirándose-. Ella no hacía mal.

Aun no terminó su faena silenciosa y horrible. El hombre retorna a la explanada; entra en el chozo del rabadán; sale con un bulto, que es figura humana; a hombros; vuelve a pasar el desfiladero; llega cerca del tajo y deposita su carga al pie de unos peñotes.

Los cañones de una carabina relucen en su mano. El mastín ha seguido sus viajes.

La carabina salta en las tinieblas.

Después el hombre de la sierra coge al hombre del llano entre sus atléticos brazos; lo bambolea en ellos y lo despide tajo a lo hondo.

También sus oídos atienden. También suena abajo el golpe de algo que se espachurra.

Un aullido del mastín le contesta.

CAPÍTULO X

-¡Hecho! -dice Juan entrando en la habitación donde le espera Malvarrosa.

Única palabra es.

Los dos cachos vivos de montaña se desploman uno contra otro en un crujir sensual que consagra el aplastamiento de un hombre.